LES SOUVENIRS DE JEANNE D'ARC

A LA CATHÉDRALE D'ORLÉANS

LES VERRIÈRES

L'INSCRIPTION COMMÉMORATIVE, LES BANNIÈRES

ET

LES CLOCHES

ORLÉANS

H. HERLUISON, LIBRAIRE-ÉDITEUR

17, RUE JEANNE-D'ARC. 17

—

1898

LES SOUVENIRS DE JEANNE D'ARC

A LA CATHÉDRALE D'ORLÉANS

LES VERRIÈRES

L'INSCRIPTION COMMÉMORATIVE, LES BANNIÈRES

ET

LES CLOCHES

ORLÉANS

H. HERLUISON, LIBRAIRE-ÉDITEUR

17, RUE JEANNE-D'ARC, 17

1898

AVERTISSEMENT

S. G. Mgr Touchet, évêque d'Orléans, a voulu doter sa cathédrale d'une sonnerie en rapport avec l'importance du monument et du rôle que la basilique est appelée à remplir, non seulement pour le besoin du culte, mais encore à cause de la fête annuelle de la délivrance si chère aux cœurs orléanais.

Il nous a paru utile, à l'occasion de l'inauguration des cloches, de présenter en quelques pages l'historique ou la description de divers souvenirs relatifs à Jeanne d'Arc que renferme notre cathédrale.

Ce sont : 1° Les verrières de MM. Galland et Gibelin inaugurées en 1897 ; 2° L'inscription commémorative du passage de l'héroïne dans la basilique ; 3° Les bannières processionnelles ; 4° Les cloches ; 5° Enfin la statue de bronze due au ciseau de Le Véel, offerte par le statuaire à Mgr l'Évêque d'Orléans et dont le placement aura lieu ultérieurement.

Si nous ajoutons à ces souvenirs les monuments qu'a érigés la ville au XIXᵉ siècle tels que : la Guerrière, statue de Gois (1804); la Croix commémorative élevée sur l'emplacement des Tourelles (1817); Jeanne priant, de la princesse Marie (1841); la Pucelle remerciant Dieu de la victoire, statue équestre de Foyatier (1855), enfin le musée de Jeanne d'Arc créé en 1865, l'on verra que les Orléanais n'ont point été ingrats envers la mémoire de l'Héroïne.

H. H.

1er mai 1898.

I

LES VERRIÈRES

HISTOIRE

LE PROJET — SA RÉALISATION

L'idée de peindre aux fenêtres de la cathédrale d'Orléans les principaux faits de l'histoire de la Pucelle remonte à Mᵍʳ Dupanloup.

Ce grand évêque, qui portait si haut le culte de Jeanne d'Arc, s'était arrêté bien des fois, dans les basses nefs de sa cathédrale, devant les vastes fenêtres qui les éclairaient de leur blanche et dure lumière, et il s'était dit qu'il fallait « faire étinceler là, en superbes vitraux, toute cette merveilleuse histoire ».

Une circonstance lui parut favorable pour hâter la réalisation de ce dessein. C'était en 1878, à l'époque où certains esprits rêvaient de donner au centenaire de Voltaire les proportions d'une apothéose nationale. L'incomparable lutteur se leva pour combattre un projet qui blessait son patriotisme, non moins que sa foi. Il écrivit ; il parla ; et, non content d'avoir fait rentrer le projet dans l'ombre, il proposa l'œuvre artistique qu'il méditait en l'honneur de la Pucelle comme une protestation contre la glorification de son insulteur.

C'est à la France entière qu'il s'adressa pour cet effet, dans une lettre vibrante, comme toutes celles qui sortaient de sa plume.

« Orléans, y disait-il, eût pu donner les sommes nécessaires ;
« mais Jeanne d'Arc appartient à la France et voilà pourquoi
« nous voulons que la souscription pour les vitraux et le monu-

« ment de Jeanne d'Arc (1) ne soit pas seulement orléanaise,
« mais nationale et française. »

Il sollicitait les offrandes de tous. « Que le pauvre donne son
« sou, que le riche donne son or ! » Mais c'est aux jeunes filles
et aux femmes qu'il faisait plus particulièrement appel : « Vous
« surtout, jeunes filles et femmes françaises, vous que la gloire
« de Jeanne d'Arc touche de si près.., à vous seules, si vous
« le vouliez, vous feriez l'œuvre. Duguesclin prisonnier disait avec
« une fierté patriotique : « Sachez qu'il n'y a pas dans ma Bre-
« tagne une fileuse qui ne filât pour ma rançon ! » « Je voudrais
« qu'il n'y eût pas en France une fileuse qui ne filât une
« quenouille pour Jeanne d'Arc... (2) »

Les offrandes affluèrent, tous riches ou pauvres s'inscrivirent
sur les listes.

La verrière qui devait représenter Jeanne écoutant ses voix
fut souscrite par le *Comité des Petites Sœurs de Jeanne d'Arc*,
constitué sous la présidence d'honneur de la princesse Blanche
d'Orléans, et sous la direction effective de deux jeunes filles
de la société orléanaise.

Au moment où mourut Mgr Dupanloup, c'est-à-dire quatre
mois seulement après, la souscription atteignait le chiffre de
102,454 francs !.. Il avait lui-même désigné les sujets des tableaux
et un concours avait été institué, pour leur exécution, entre les
verriers de France.

Mgr Coullié, aujourd'hui cardinal-archevêque de Lyon, reçut
l'œuvre des mains de son prédécesseur et la poursuivit avec le
zèle admirable qui l'animait, lui aussi, pour la mémoire de Jeanne
d'Arc. Sous son habile administration, la souscription monta,
en moins d'une année, jusqu'au chiffre de 126,589 francs. Malheu-
reusement des difficultés qu'il serait trop long de raconter ici
neutralisèrent le résultat du premier concours. Pendant treize
ans les choses restèrent dans le *statu quo.*

(1) Mgr Dupanloup songeait à rétablir dans sa Cathédrale le monument élevé sur le pont d'Orléans, en 1458, à la mémoire de la Pucelle,
« aux frais des Orléanais et par les contributions empressées des
dames et des jeunes filles de la ville, qui y donnèrent leurs bijoux. »
Ce monument consistait en une grande croix portant le Christ; debout
à ses pieds la Vierge Marie ; et agenouillés, d'un côté Charles VII, de
l'autre la Pucelle. Détruit par les calvinistes, en 1562, il fut relevé
neuf ans plus tard à peu près sous la même forme, pour être une
seconde fois démoli en 1792. (*Vie de Jeanne d'Arc*, par VALLON.)
(2) Cité par le *Journal du Loiret*, 8 mai 1897

Enfin, en 1892, après entente avec le ministère des Cultes, Mgr Coullié reprit l'œuvre et un second appel fut adressé aux artistes et verriers de France.

Douze peintres verriers participèrent à ce nouveau concours. L'exposition de leurs projets se fit, en octobre 1893, à Paris d'abord, à l'Ecole des Beaux-Arts, puis à Orléans. Le jury constitué pour apprécier la valeur des concurrents se composait de MM. Bonnat, peintre, membre de l'Institut ; Bouguereau, peintre, membre de l'Institut ; Puvis de Chavannes, peintre ; Dubois (Paul), sculpteur, directeur de l'Ecole des Beaux-Arts ; Didron, peintre-verrier ; de Baudot, architecte, inspecteur général des édifices diocésains ; Vaudremer (Emile), architecte, membre de l'Institut, inspecteur général des édifices diocésains ; Corroyer (Edouard), architecte, inspecteur général des édifices diocésains ; Bœswilward (Paul), architecte, inspecteur général des édifices diocésains ; Danjoy, architecte de la cathédrale, membre du comité des édifices diocésains ; Huau (H.) directeur du Musée d'Orléans, Herluison (H.), attaché à la Direction du Musée historique, correspondant du Comité des Beaux-Arts des départements ; Dumuys (Léon), attaché à la direction du Musée historique d'Orléans, membre de la Société archéologique de l'Orléanais ; le chanoine Th. Cochard, membre de la Société archéologique de l'Orléanais ; ces quatre derniers, délégués du Comité orléanais, désignés par Mgr l'Evêque d'Orléans.

Ces Messieurs se réunirent le 17 octobre 1893, à l'Ecole des Beaux-Arts, sous la présidence de M. Dumay, directeur des Cultes, et classèrent premier le projet de MM. Jac Galland et Gibelin.

L'INAUGURATION DES VERRIÈRES

Quatre ans après, les artistes avaient achevé leur travail.

Mgr Touchet, devenu évêque d'Orléans, ne négligea rien pour donner à l'inauguration des nouvelles verrières tout l'éclat que méritait un événement d'un si haut intérêt. Il en fixa la date au 7 mai 1897, veille de la fête annuelle de la Pucelle, et invita à la double solennité bon nombre de ses collègues dans l'épiscopat.

Bien plus, Sa Grandeur voulut placer en quelque sorte la fête

sous l'auguste patronage du Souverain Pontife, en y conviant son représentant à Paris. Mᵍʳ Clari accepta gracieusement la présidence qui lui était offerte. Les Orléanais accueillirent cette nouvelle avec d'autant plus de joie que les sympathies du nouveau nonce pour la Pucelle d'Orléans étaient bien connues. Dans sa lettre d'adieux à ses diocésains de Viterbe, Mᵍʳ Clari avait comparé le rôle patriotique de sainte Rose de Viterbe à celui de Jeanne d'Arc et il en avait tiré l'occasion d'un magnifique éloge de l'héroïne française. Mᵍʳ Touchet le lui rappellera bientôt, en lui disant : « Ce jour-là, Excellence, vous n'avez pas pris seule-
« ment le chemin de notre frontière, vous avez trouvé le chemin
« de nos cœurs. »

Le 7 mai donc, avant deux heures, une immense assemblée remplissait les nefs de la cathédrale. L'imposante basilique portait, comme chaque année, sa joyeuse parure de drapeaux, d'oriflammes et d'écussons aux armes des défenseurs d'Orléans en 1429. Mais, cette fois, une brillante ceinture de vitraux en achevait la décoration. Les toiles qui les cachaient depuis plusieurs semaines étaient tombées. Tous pouvaient admirer l'harmonie de leurs tons et les riches reflets dont ils coloraient les nefs autrefois grises et nues de l'édifice. C'était bien là l'effet qu'on en attendait. Il n'est pas jusqu'à leur place, au-dessus du grand chemin de croix de pierre, qui n'ait son éloquence. « Pen-
« dant que l'œil parcourt ces tableaux émouvants, Vaucouleurs,
« Chinon, Orléans, Reims, le bûcher..., il suit une autre épopée,
« celle-là toute divine. Ici le Christ sauvant le monde ; là Jeanne
« sauvant la France ; rapprochement sublime ! (1) »

Autour du représentant de Léon XIII se groupaient : Mᵍʳ Renou, archevêque de Tours ; Mᵍʳ Laborde, évêque de Blois ; Mᵍʳ Pagis, évêque de Verdun ; Mᵍʳ Bouvier, évêque de Tarentaise ; Mᵍʳ Belmont, évêque de Clermont ; Mᵍʳ Chapon, évêque de Nice ; Mᵍʳ Colomb, évêque d'Evreux ; Mᵍʳ Bardel, évêque de Séez ; Mᵍʳ Peri-Moròsini, secrétaire du Nonce apostolique.

MM. le général Duchesne, commandant le 5ᵉ corps, et Bœgner, préfet du Loiret ; M. Transon, maire d'Orléans, ainsi qu'un grand nombre de fontionnaires et d'officiers assistaient à la fête. On remarquait aux places réservées plusieurs membres de la com-

(1) *Patriote orléanais*, 8 mai 1897.

mission des vitraux, MM. Danjoy, Didron, Herluison, Dusserre, abbé Cochard, Dumuys, Jarry, et le peintre lauréat, M. Jac Galland et M. Gibelin, l'auteur des cartons.

A deux heures, 700 musiciens, choristes et instrumentistes, commençaient, sous la puissante direction de M. l'abbé M. Laurent, maître de chapelle de la cathédrale, l'exécution de l'oratorio de Gounod intitulé *Rédemption.*

Tout le monde connaît cette œuvre magistrale, traduction en langue musicale, par le génie d'un artiste chrétien, du poème de la Religion. *Rédemption* est une trilogie. Pendant plus d'une heure, les récitatifs et les chœurs émouvants des deux premières parties tinrent l'assemblée sous le charme

Puis l'intérêt se porta du côté de la chaire, où Mgr Touchet venait de monter.

Le discours que prononça dans cette circonstance l'éloquent prélat impressionna vivement l'auditoire. Nous voulons en donner au moins ici l'idée mère ; elle est des plus personnelles et des plus heureuses.

On raconte, dit Mgr Touchet, que les femmes grecques contemporaines de Périclès conduisaient parfois leurs fils au Pentélique.

Quand ils étaient arrivés au sommet, la mère montrait d'un geste, à l'enfant, la plaine qui s'étendait à leurs pieds : Mon fils, disait-elle, voici Marathon. Là combattirent Miltiade et les héros dont vous descendez. Voyez maintenant du côté où le soleil se lève : cette masse sombre, c'est l'Œta, et, tout près, le pas fameux des Thermopyles qui but le sang glorieux de Léonidas et des trois cents Spartiates. Tournez-vous un peu à l'ouest : cette nappe d'azur mobile, c'est la mer sonore et sans repos qui bat les côtes de notre Attique, et le promontoire qui la pénètre, blanc comme une lame d'argent, c'est Salamine. Là, Thémistocle et ses marins détruisirent l'innombrable flotte de Xerxès, — un barbare qui s'enfuit après sa défaite et qu'on n'a pas revu.

Mon fils ! vous êtes d'une noble race, et la Grèce est un noble pays : souvenez-vous !

Et la mère avec son enfant regagnaient Athènes en suivant les bords de l'Ilissus ou du Céphise ombragés de roseaux.

Moi je voudrais que toutes les mères de France pussent venir, avec leurs fils, visiter ce sanctuaire, afin d'interpréter à leurs chers petits le verbe de nos verrières...

Et l'orateur, vraiment inspiré, fait passer devant chaque tableau de ce « poème de cristal » une mère et son enfant. Ce n'est pas lui qui parle, c'est la mère. « Mon fils, dit-elle, en ce temps-là il n'y avait plus de France... » Et voici qu'elle raconte à l'enfant, en quelques traits pleins de relief, toute cette miraculeuse histoire du relèvement de la patrie par le secours de Dieu et par l'épée de la Pucelle. La leçon se poursuit de tableaux en tableaux, toujours imagée, toujours vibrante, imprimant dans l'âme du jeune Français le respect ému du passé et les espoirs qui font les avenirs glorieux.

« Si le respect du lieu saint a privé l'Evêque d'Orléans des applaudissements qui, partout ailleurs, eussent éclaté avec enthousiasme, il a reçu du moins cet éloge rare et précieux des larmes ; oui, du fond des cœurs empoignés, bien des pleurs, tandis qu'il parlait, sont remontés jusqu'aux yeux (1). »

Après ce discours, on exécute la troisième et la plus brillante partie de *Rédemption*.

La bénédiction du Très-Saint Sacrement couronna la fête, et l'immense foule s'écoula, tandis que le chœur reprenait, avec autant d'ensemble que d'éclat, le triomphal « hymne apostolique » par lequel Gounod a terminé son œuvre.

En souvenir de l'inauguration des 10 verrières de Jeanne d'Arc à la cathédrale une médaille a été frappée à la monnaie de Paris.

Son module est de 45 millimètres de diamètre.

Gravée par P. Tasset, la face représente le monument expiatoire de la Pucelle érigé sur le pont d'Orléans en 1458, en vertu de la sentence de réhabilitation ; elle porte ces mots en exergue :

A DOMINO FACTUM EST ISTUD !

Au *revers* se lit cette double inscription :

1º En *exergue* :

OPERIS VITRARII PUELLÆ AUREL. GESTA
EXHIBENTIS SOLEMNIS DEDICATIO

2º Dans le champ :

L. JAC. GALLAND PINXIT
E. GIBELIN DELINEAVIT
DANJOY ÆDIF. DIŒC. PRÆPOSITUS
OPUS INVIGILABAT

COLLATIO PUBLICA QUAM
DD. DUPANLOUP INSTITUIT
'DD. COULLIÉ PROSECUTUS EₔT
DD. TOUCHET FELICI EXITU CORONAVIT
IMPENSAS SUFFECIT
1878-1897

(1) M. François VEUILLOT, dans l'*Univers*.

DESCRIPTION

Les nouvelles verrières sont composées, comme le demandait expressément le programme du concours, dans le style du XVᵉ siècle. Ce style est en effet celui qui correspond le mieux soit aux événements qu'il s'agissait de retracer, soit à l'architecture de notre cathédrale.

Chaque verrière comprend deux parties, les grands panneaux et le tympan. Les panneaux sont occupés par la scène historique ; les tympans donnent la synthèse religieuse du vitrail ; ils racontent la part que prend le ciel à l'action terrestre.

C'est donc une double action qui se poursuit parallèlement dans les deux étages des verrières. « Tandis qu'en bas, de Domremy à Reims, se déroule la merveilleuse épopée, du haut « du ciel, Dieu, la Vierge, les saints, les patrons du royaume de « France se penchent, regardent et s'émeuvent. (1) »

Même dans les scènes des grands panneaux, le ciel n'est pas absent. « De la première à la dernière verrière, vous retrouverez « le messager divin qui trace à l'héroïne le but marqué par « Dieu, ou ses saints qui l'encouragent et qui la consolent. Elles « sont auprès d'elle à Domremy, elles sont au dernier rendez-vous « sur le bûcher de Rouen (2). » En cela, les artistes ne se sont pas écartés de l'histoire, ils en ont seulement traduit aux yeux le caractère surnaturel. Et la poésie de l'œuvre n'y a pas perdu, tout au contraire.

I. — DOMREMY

COMMENT JEHANNE LA PUCELLE ENTENDIT LES VOIX CÉLESTES ET LEUR COMMANDEMENT.

Jeanne, âgée de 13 ans, dans une des premières apparitions de ses « Voix ».

L'archange saint Michel, en chevalier du moyen âge, révèle à la petite paysanne sa haute mission. L'attitude de Jeanne, ses yeux fermés, ses bras qu'elle laisse tomber en les entr'ouvrant, expriment l'accablement et l'abandon à la volonté divine. Sainte Marguerite baise l'enfant au front, « comme pour éveiller en elle, avec plus d'intensité, la volonté de se conformer aux

(1) L'abbé BLANCHET, *Annales religieuses d'Orléans.*
(2) *Ibid.*

ordres du ciel » (1). Derrière elle, sainte Catherine montre l'épée de Fierbois.

Des deux côtés monte le paysage. A gauche, l'église de Domremy et la maison des parents de Jeanne. A droite, une porte de la ville ; une statue de la Sainte-Vierge, pour rappeler les fréquentes visites de la pieuse enfant aux chapelles de Domremy et de Notre-Dame de Bermont. En haut la Meuse. Au premier plan paissent quelques moutons de la bergère.

TYMPAN. — Dans la rosace, Jésus enfant, sur les genoux de sa mère, remet à l'archange saint Michel, protecteur de la France, la bannière destinée à l'enfant de Domremy. L'archange porte l'écu de France. Près de la Vierge, la vieille devise : « *Regnum Mariæ Galliæ regnum* », le royaume de France est le royaume de Marie.

Dans les lobes du tympan, une quenouille avec le nom de Jehanne ; un arc entouré de la légende : « *Va, fille de Dieu, va !* » des branches de lis.

II. – VAUCOULEURS

ET FUST, EN RAISON DE SA GRANDE PITIÉ DU ROYAUME DE FRANCE, TROUVER LE ROY

Jeanne à cheval part pour Chinon. Elle est revêtue de l'équipement que lui ont fourni les gens de Vaucouleurs : sur la tête un chaperon avec voile, une tunique tombant jusqu'aux genoux, une chausse longue, de hautes guêtres.

Au premier plan, le sire de Beaudricourt, cédant à l'entraînement populaire, mais sans foi dans le succès, la congédie en disant : « *Allez donc, allez, et advienne que pourra !* » Jeanne le regarde, pleine de confiance, et lui fait signe que « Dieu lui frayera la route. » Jean de Metz et quelques hommes d'armes qui ont juré de la conduire au roi l'accompagnent. Le peuple lui fait des adieux pleins de sollicitude.

En avant, un ange ouvre en effet la route ; il tient d'une main une épée et de l'autre la couronne que l'héroïne fera poser sur la tête de Charles VII.

TYMPAN. — Un ange sonne l'appel aux armes. D'autres anges portent l'étendard et l'épée.

---

(1) Ed. DIDRON, *Le Concours des Vitraux de Jeanne d'Arc*. On ne peut que louer les artistes d'avoir ici représenté les envoyés célestes sous une forme nette et tangible. La vérité historique le demandait puisque Jeanne a dit maintes fois à ses juges : « Je les voyais comme je vous vois. » Quant au baiser que sainte Marguerite donne à l'héroïque enfant, il est aussi conforme à son témoignage.

III. — CHINON

Charles VII, pour éprouver la Pucelle, s'est déguisé en page. Jeanne, qui ne l'a jamais vu, le distingue de suite. Elle fait devant lui « les révérences accoutumées de faire aux rois » en lui disant : « *Dieu vous donne vie, gentil roy !* » — « *Je ne suis pas le roy*, répond Charles ; *voici le roy !* » et il lui montre un seigneur qu'il a fait asseoir à côté de la reine. Mais Jeanne reprend : « *En nom Dieu, gentil prince, vous l'êtes et non un autre.* »

Au-dessous d'elle, un ange lui indique Charles caché sous son déguisement.

TYMPAN. — Dans la rosace, saint Louis et saint Charlemagne prient Jésus-Christ, selon la parole dite par la Pucelle au roi : « *Dieu a pitié de vous, de votre royaume et de votre peuple ; car saint Louis et saint Charlemagne sont à genoux devant Luy, en faisant prière pour vous.* » Jésus-Christ fait le geste de bénir le roi, assurant par là qu'il est « vray héritier de France et fils du roy ».

Dans les lobes, les armes des deux prétendants qui se disputent la couronne : à gauche, l'oriflamme de saint Denis, avec lys et des dauphins ; à droite, l'écusson du roi anglais aux armes d'Angleterre cantonné de France, avec la devise : « *Honny soit qui mal y pense.* » Des léopards.

IV. — ENTRÉE A ORLÉANS

SCÈNE. — Jeanne entre par la porte Bourgogne, armée de toutes pièces et montée sur un cheval blanc caparaçonné d'azur.

D'Aulon, son écuyer, la précède, portant son étendard. Derrière elle Dunois, sur un cheval au poitrail duquel on voit l'écu du bâtard. D'autres hommes d'armes, nobles seigneurs et soldats de la garnison d'Orléans, sont allés à sa rencontre, et lui font escorte.

La joie du peuple est au comble. On s'agenouille devant « l'ange de Dieu ». On veut la toucher, elle ou au moins son cheval. A gauche, un grotesque, comme les peintres de la Renaissance aimaient à en placer dans leurs tableaux, tient une torche allumée ; car il est huit heures du soir.

Jeanne, dans son humilité, reporte tout à son étendard et fait signe qu' « *avant toute chose, on aille à la cathédrale rendre grâces à Dieu* ».

TYMPAN. — Dans la rosace, l'archange saint Michel pare, avec un écu aux armes de la ville d'Orléans, les traits de l'ennemi. Au bas, la parole de Jeanne : « *Je suis c'y venue de par « Dieu* (1).

Dans les lobes, au sommet : *Cité d'Orléans* ; à droite, une bombarde ; à gauche, un ange tenant une épée ; une masse d'armes.

V. — LES TOURELLES

ET LORS COMBATTIT A L'ASSAUT DES TOURELLES, DISANT :
« TOUT EST VOTRE ET Y ENTREZ. »

Jeanne debout, dans le calme d'une force toute surnaturelle, se retourne vers ses compagnons et leur dit : « *Entrez, tout est vôtre.* »

C'est, en effet, l'heure de la victoire ; car saint Michel, qui domine la scène, l'épée à la main et les ailes étendues, a fait toucher la pointe de l'étendard de Jeanne aux murs des Tourelles.

Au premier plan, une mêlée de combattants. Dans le fond, les murailles de la ville.

TYMPAN. — Dans la rosace, sous un ciel constellé, une vierge couronnée perce un dragon de sa quenouille, gracieux symbole de l'*humilité* écrasant la force avec l'aide de Dieu. Une légende porte : « *Draconem conculcabis...* tu terrasseras le dragon. »

Dans les lobes, des anges sonnent la victoire ; divers emblèmes de victoire, feuilles de chêne, rameaux d'olivier...

VI. — SAINTE-CROIX

ET LE VIIIe JOUR DE MAY, ENTRA MOULT DÉVOTEMENT
EN L'ÉGLISE SAINTE-CROIX POUR Y REMERCIER DIEU

Le lendemain 8 mai, à l'heure de midi, la Pucelle victorieuse conduit l'armée et le peuple à la cathédrale, pour y remercier Dieu. Elle tombe à genoux, les mains levées vers le sanctuaire. Tandis qu'elle prie, une procession, qui s'est organisée, passe

(1) Dans les cartons de Gibelin, on voit, au-dessus de la rosace, saint Euverte et saint Aignan, évêques d'Orléans, bénir la ville, dont ils sont les protecteurs. L'idée est belle et en parfaite harmonie avec la conception générale des tympans.

devant elle : livre du processionnal, bannière, châsse de Saint-Aignan, flambeaux, encensoirs, et, à la fin, sous un dais, la relique de la vraie Croix (1).

TYMPAN. — Dans la rosace des anges chantent le « *Te Deum* ».

Dans les lobes, un orgue ; un encensoir ; des lys ; des feuilles de chêne.

VII. — LE SACRE

ET S'EN FUST AU SACRE DU ROY AVECQUES SON ÉTENDARD QUI, AYANT ÉTÉ A LA PEINE, C'ESTAIT RAISON QU'IL FUST A L'HONNEUR.

La cathédrale de Reims. Au fond, le maître autel. L'archevêque de Reims dépose la couronne sur la tête de Charles VII agenouillé.

Le roi est entouré des pairs de France, ecclésiastiques et laïques. A droite, un évêque porte le reliquaire qui contient la sainte Ampoule. A côté de lui, un pair laïque porte les éperons. A gauche, le sire d'Albret tient droite l'épée que va ceindre le roi.

Debout, bien en évidence, Jeanne presse son étendard sur son cœur et regarde la scène avec émotion. « *Gentil roy*, » dira-t-elle tout à l'heure à Charles, en se jetant à ses genoux, avec d'abondantes larmes : « *Ores est exécuté le plaisir de Dieu qui voulait que vinssiez à Reims, pour y recevoir votre digne sacre, en montrant que vous êtes vray roy.* »

Par devant, les deux reines, accompagnées de leurs dames d'honneur ; à gauche et debout, Marie d'Anjou, épouse de Charles VII ; à droite, sur un prie-Dieu, Yolande d'Aragon, belle-mère du roi, qui fut l'âme du parti national en France (2). Les pages des reines portent sur leur costume, l'un les armoiries de France, l'autre celles de Sicile. Au premier plan, un religieux s'incline profondément.

(1) Depuis bientôt cinq siècles, Orléans renouvelle chaque année cette procession à la même date et à la même heure.

(2) La reine vint jusqu'à Gien pour accompagner Charles VII à Reims et être couronnée avec lui ; mais les hésitations du roi firent échouer ce projet. (V. Marius Sepet, p. 146.) C'est donc par une licence que les reines sont représentées ici comme assistant au sacre. Ceux qui mettent avant tout l'exactitude historique blâmeront cette licence, la seule de ce genre que se soient permises les auteurs des verrières. D'autres l'excuseront en disant que la présence des reines au sacre ne viole aucune vraisemblance historique ; que Marie d'Anjou et sa mère, si zélées toutes deux pour la cause de la France et pour la Pucelle, méritaient bien de figurer ici à l'honneur ; qu'un sacre est une cérémonie d'apparat et que tout motif qui peut en rehausser l'effet décoratif est précieux à recueillir... « *Sub judice lis est.* »

TYMPAN. — L'idée de ce tympan est de rappeler le pacte existant, depuis Clovis, entre Dieu et la monarchie française. Dans la rosace, saint Louis, « le sergent du Christ » avec cette devise : « *Servir Dieu, c'est régner.* » Le saint roi vénère la couronne d'épines dont la possession est devenue, pour la couronne de France, le garant des bénédictions célestes (1).

Dans les lobes, des anges portent quatre attributs de la royauté, la couronne, l'épée, le sceptre et la main de justice. Au sommet, le Saint-Esprit planant sur la scène ; des branches de lis ; le cri de joie de l'époque : « *Noël ! Noël !* »

VIII. — COMPIÈGNE.

COMMENT IL ADVINT QUE JEHANNE FUT MISE A MAL PAR TRAHISON AUX MAINS DES ANGLAIS.

Jeanne est prise.

Dans le haut, s'alignent les murs de Compiègne dont la porte, à gauche, est fermée par son pont-levis rabattu.

Au-dessous de la mêlée furieuse émerge l'héroïne, sur son cheval cabré. Elle seule n'a point de colère et semble ne prendre souci que de son étendard qu'elle élève au-dessus de sa tête. De toutes parts, Anglais et Bourguignons lui crient : « *rends ti ! rends ti !* » Elle répond : « *J'ai baillé ma foi à un autre qu'à vous.* » Dans sa pensée, cet étendard, qu'elle s'efforce de sauver de toute profanation, ne doit être rendu qu'à « *Messire* », c'est-à-dire à Jésus-Christ.

TYMPAN. — Dans la rosace, saint Michel, sainte Catherine et sainte Marguerite sont agenouillés devant Jésus-Christ. Saint Michel remet à « Messire » l'étendard de l'héroïne et sainte Catherine son épée, montrant par là que la brillante épopée militaire est terminée. La passion commence.

Dans les lobes, des anges se voilent la face ; rameaux portant des fleurs appelées « fleurs de la passion ».

IX. — LA PRISON.

DONCT EN PRISON, ELLE SOUFFRIST MOULT VIOLENCE.

Jeanne assise sur son lit de prison, les fers aux pieds.

Elle est en butte à la froide cruauté de Bedfort qui vient l'insulter et à la rage des soldats. Son visage exprime l'angoisse et

(1) Les cartons de Gibelin représentent au-dessus de la rosace Dieu e Père et Jésus-Christ qui bénissent saint Louis et sa race, et renou-lellent avec Charles VII l'antique alliance. Près de Jésus-Christ la vieille chronique où sont racontées « les gestes de Dieu accomplis par ves Francos... *Gesta Dei per Francos.* ».

la prière. D'une main elle écarte un de ses insulteurs. Sainte Marguerite soutient sa tête et la console. Sainte Catherine la regarde avec compassion.

Au-dessous d'elle un ange offre à Dieu le calice de cette passion nouvelle.

TYMPAN. — Les anges s'unissent à la compassion des saints. L'un d'eux montre l'image de la Sainte-Face, vive expression des douleurs du Christ. Au sommet les armes d'Angleterre, trois léopards ; le mot inscrit sur la banderolle est « *fausserie.* »

X. — LE BUCHER.

ET FUT PAR L'ANGLAIS PERFIDE BRULÉE, SES VOIX LUI DISANT
NE TE CHAILLE DE TON MARTYRE,
TU T'EN VIENDRAS AU ROYAUME DU PARADIS

Jeanne sur le bûcher est liée à un poteau avec cette inscription : *hérétique, relapse, apostate.*

Elle attache un regard plein de piété sur la croix qu'elle a réclamée et qu'élève, jusqu'à la hauteur de son visage, le frère Isambert de la Pierre.

Dans la partie supérieure de la scène, saint Michel et ses saintes la réconfortent. Des anges sont descendus du ciel, tout prêts à l'y conduire ; l'un d'eux, derrière le poteau coupe d'avance ses liens. A gauche, dans une tribune, ses juges. Par devant, des bourreaux et des soldats, dont les uns attisent le feu, tandis que les autres, attendris et frappés d'admiration, semblent prononcer la parole historique : « *Nous avons brûlé une sainte !* »

TYMPAN. — Dans la rosace, Jésus, force des martyrs et Marie, reine des vierges, « *Fortitudo martyrum, regina virginum* » sont assis pour juger ou plutôt pour couronner Jeanne. Ils tiennent devant eux un cartouche, où on lit ces mots : « *Jeanne vierge et martyre.* » Celle-ci est représentée par une blanche colombe qui monte de la terre. A gauche, saint Michel tient la balance où se pèsent les âmes et dont le plateau droit s'abaisse profondément.

Dans les lobes, à droite, un marteau d'arme brise l'écu d'Angleterre, comme on faisait lorsqu'on dégradait un chevalier félon ; avec le mot « *félonie* ». A gauche, la France a l'épée nue et la pointe en l'air qui dit « *loyauté* ». Dans le haut, branche de lis, emblème de la virginité, et palmes, emblème du martyre,

CATHÉDRALE D'ORLÉANS
D'après la gravure de Moreau.
(XVIIIe SIÈCLE).

II

INSCRIPTION COMMÉMORATIVE

PLAQUE DE MARBRE BLANC MESURANT 3ᵐ DE
HAUT SUR 1ᵐ 45 DE LARGE. ELLE EST SCELLÉE
DANS LA TRAVÉE DU DÉAMBULATOIRE EN
REGARD DU TRONE DE L'ÉVÊQUE, CONTRE LA
MURAILLE DE LA SACRISTIE.

D. O. M.

AD PERPETVAM REI MEMORIAM.

ANNO MILLESIMO QVADRINGENTESIMO, VIGESIMO NONO,
JOANNE DE SANCTO MICHAELE DIŒCESIM REGENTE

JOHANNA D'ARC

DIE VIGESIMA NONA APRILIS, HORA OCTAVA POST MERIDIEM
VNA CVM DVNENSI ALIISQUE PRÆCIPVIS DVCIBVS BELLI
VRBEM, PER PORTAM BVRGVNDICAM, EXSVLTANTIBVS CIVIBVS INGRESSA.
AD HANC SACRAM ÆDEM, VIÆ PVGNÆQVE OBLITA, VENIT;
ET ANTE ALTARE MAJVS HVMILITER PROSTRATA,
OB FAVSTVM ITINERIS EVENTVM LAVDIBVS DEO PERSOLVTIS,
PRO FVTVRIS PRŒLIIS OPEM DIVINAM IMPLORAVIT.

DIE TERTIA MAII,
RECVRRENTE INVENTIONIS S. CRVCIS SOLEMNI FESTO,
ITERVM HANC ÆDEM INGRESSA,
PVBLICÆ PROCESSIONI PIE INTERFVIT,

DIE TANDEM OCTAVA EIVSDEM MENSIS
ANGLORVM VICTRIX,
EAMDEM ECCLESIAM HORA MERIDIANA TERTIO ADIIT,
ET MILITVM, VRBIS PROCVRATORVM, CLERI ET PLEBIS FACTO CONCVRSV,
DE INCLYTO TRIVMPHO ET AVRELIA LIBERATA,
DEO GRATIAS EGIT.

IN ÆTERNVM, PRO TANTO BENEFICIO, MEMORIS ANIMI TESTIMONIVM,
D D STANISLAVS-XAVERIVS TOVCHET EPISCOPVS,
CAPITVLVM INSIGNIS ECCLESIÆ CATHEDRALIS,
CIVES AVRELIANENSES
HVNC LAPIDEM
PONENDVM CVRAVERVNT
DIE OCTAVA MENSIS MAII, ANNO MDCCCXCV.

III

LES BANNIÈRES

En 1855, lors de l'inauguration de la statue de Jeanne d'Arc de Foyatier, un comité de dames orléanaises conçut l'idée d'une bannière destinée à être portée aux processions annuelles du 8 mai, ainsi que cela se pratiquait autrefois. C'est d'après cette heureuse pensée que fut exécutée la bannière qui figura aux cérémonies glorieuses de notre délivrance de cette époque à 1893.

En apportant le décret de vénérabilité de Jeanne d'Arc, l'année 1894 devait amener, au mois de mai, des fêtes en rapport avec cet heureux événement.

Un nouveau comité se forma et dirigea la confection de nouvelles bannières qui furent bénites le 6 mai par S. G. Mgr Coullié archevêque de Lyon, administrateur apostolique du diocèse d'Orléans.

Elles sont au nombre de sept savoir :

La bannière processionnelle dite de Jeanne d'Arc, offerte par les dames d'Orléans ; l'étendard historique, répétition de la précédente mais porté en flamme ; le pennon, offert par les dames de Touraine ; la bannière des prêtres, offerte par les dames de Poitiers ; et enfin celles de saint Michel, de sainte Catherine et de sainte Marguerite.

Toutes ces bannières à l'exception de l'étendard historique, offert au musée de Jeanne d'Arc par Mr le chevalier d'Allaines, sont conservées dans la Cathédrale.

IV

LES CLOCHES[1]

Depuis que l'invention des chemins de fer a rendu les transports faciles, les cloches se fabriquent uniquement dans des usines spéciales. Qu'ils habitent la ville ou la campagne nos fondeurs contemporains travaillent exclusivement en fonderie. Le chantier volant a disparu. L'atelier fixe est le seul usité. Autrefois au contraire, en règle générale, on faisait sur place. Le travail de la fonte des cloches comporte des tâches multiples pour lesquelles le fondeur a besoin d'être aidé. Il faut brasser l'argile, creuser la fosse et y enterrer les moules, amener le métal à l'entrée du fourneau, le peser, le dépecer, fendre le bois, garnir le feu et aussi activer la soufflerie, puis, la coulée faite, déterrer la cloche, la dépouiller, l'astiquer, etc.

Tout moule de cloche se compose de quatre parties.

1º *Le noyau*, correspondant au creux intérieur dans lequel se promènera le battant.

2º La *fausse cloche*, qui occupe provisoirement la place du métal et qui sera supprimée au moment de la coulée ;

2º La *chape*, recouvrant la fausse cloche et formant avec le noyau les deux murailles de terre cuite entre lesquelles le métal viendra prendre la forme qn'ont mathématiquement déterminée la tonalité et le poids désirés pour la cloche ;

4º La *tête*, que formera les anses nécessaires à la suspension

---

(1) Ces lignes sont extraites d'une étude que prépare M. Berthelé, le savant archiviste de l'Hérault, sous le titre de : *Les cloches, l'épigraphie campanaire et les fondeurs de cloches.*

et contiendra en outre le trou d'entrée du métal et le trou d'échappement de l'air et des gaz.

En même temps qu'il pose les premières assises de briques de son noyau, le fondeur met en place la tige de fer appelée compas, à laquelle sera fixé son échantillon, c'est-à-dire la planche sur laquelle il a tracé sa cloche. Ce gabarit circulera perpétuellement d'abord autour du noyau, puis de la fausse cloche, puis de la chape, égalisant la terre, déterminant avec une précision absolue la forme commandée par les règles de l'art.

La terre argileuse, que l'on utilise n'est pas employée seule, on la mélange de crottin de cheval et de bourre, ce qui l'empêchera de se craqueler lors de la cuisson des moules. Les moules en effet doivent être chauffés jusqu'à complète dessication, de façon à pouvoir résister à la chaleur du métal en fusion. Aussi faut-il y entretenir du feu tout le temps de leur préparation ou à peu près.

Un fondeur de cloches est une espèce de Vulcain qui ne chôme jamais. Quand le *noyau* est cuit, il faut cuire la *fausse cloche*; quand la fausse cloche est cuite, il faut cuire la *chape* et la *tête*. On cuit jour et nuit.

La chape, qui est destinée à être soulevée, lorsqu'il s'agira de faire disparaître la fausse cloche, et qui doit présenter au moment de la coulée une résistance égale à celle du noyau, ne pouvant se construire en briques comme celui-ci, est renforcée extérieurement de plusieurs lits de chanvre et reçoit une épaisseur considérable.

Pour empêcher l'adhérence des diverses parties du moule l'une à l'autre, on les recouvre de cendre et de suif. Le suif sert également à établir les filets circulaires qui s'étagent sur la cloche et encadrent les inscriptions du vase supérieur, de la gorge et de la pince. Pour les inscriptions et les autres décorations, on emploie de la cire, quelquefois mélangée de poix. »

La cathédrale, d'Orléans a autrefois possédé de grosses cloches dont parlent nos vieux annalistes. Certaines ont été plusieurs fois refondues, notamment Saint-Guillaume, bourdon appelé vulgairement le *Gros-Guillaume*. Claude Marchand, dans *sa Monodie*, imprimée en 1556, en fait mention en citant le nom de quatre fondeurs : Lescot, Cousin, Pastoureau et Mourisseau.

Successeur de ces habiles artisans, M. Georges Bollée (1) a procédé à la coulée du bourdon, dans ses ateliers de Saint-Loup, le lundi 23 janvier 1898, et à celles des quatre autres cloches, le lundi de Pâques, 11 avril 1898. Mgr Touchet, évêque d'Orléans, MM. Bruant et d'Allaines, vicaires généraux, Mgr Desnoyers, M. Branchereau, supérieur du Grand-Séminaire ; M. Despierres, archiprêtre de la cathédrale et ses vicaires, plusieurs membres du clergé, les parrains, marraines, leurs familles et autres invités assistèrent à cette intéressante opération.

Voici la description de chacune de ces cloches :

Ornementation générale

Les figures, ornements et inscriptions ont été exécutés par Anthyme Chapot, sculpteur, sur les dessins fournis par M. Danjoy, architecte diocésain.

Ils sont empruntés au style ogival tertiaire (XVᵉ siècle).

Sur les cinq cloches figure l'effigie de la Pucelle en pied, cuirassée, tenant sa bannière de la main gauche et son épée de la droite.

Sur le Bourdon, cette figure diffère : l'héroïne s'appuie de la main droite sur sa bannière et porte la main gauche à son cœur.

Aux flancs ressortent les armoiries de Mgr Touchet et celles de la Ville.

La décoration d'ensemble comprend quatre frises : deux à la gorge, limitant l'inscription ; deux à la pince, encadrant les sept croix d'onction et le nom du fondeur.

Jeanne d'Arc (Bourdon)

Poids : 5.980 kilos, plus un marteau de 250 kilos; — *diamètre :* 2 m. 09 (la hauteur des cloches égale leur diamètre) ; — *note :* sol.

L'Alphonsine, timbre de la cathédrale, pèse 2.300 kilos, et le beffroi du Musée, 4.200 kilos.)

Figure : Jeanne d'Arc. — Du côté opposé : la croix ornée.

Inscriptions : au-dessus de Jeanne d'Arc, (demi-circulaire) : « De par le roi du ciel ! » devise personnelle.

Au-dessus de la troisième frise : Je me nomme JEANNE-D'ARC.

Entre les frises du haut :

† J'ai été baptisée, le 1er mai 1898, par Mgr Xavier-Stanislas TOUCHET, Evêque d'Orléans.

---

(1) La famille Bollée continue d'excellentes traditions. Originaire de Breuvannes (Haute-Marne), elle a fourni au xviiiᵉ siècle toute une génération de maîtres fondeurs ainsi que le constate M. Berthelé, archiviste de l'Hérault.

C'est en 1833 que M. Amédée Bollée vint se fixer à Orléans. Ce vénéré vieillard a, aujourd'hui, quatre-vingt-six ans. Son fils, M. Georges Bollée, si zélé pour son art, associe, de même, un de ses fils à ses travaux.

† Mon parrain a été Mᵍʳ Pierre-Hector, Cardinal COULLIÉ, Archevêque de Lyon, ancien Evêque d'Orléans ; — et ma marraine Mˡˡᵉ Madeleine de LARNAGE.

Saint-Michel

Poids : 2.333 kilos ; — *diamètre :* 1 m. 54 ; — *note :* do.
Figure : saint Michel.
Inscriptions : au-dessus de saint Michel, la *devise :* « Va, fille de Dieu, va ! »
Au-dessous : Je me nomme SAINT-MICHEL.
Entre les frises :
† J'ai été baptisée, le 1ᵉʳ mai 1898, par Mᵍʳ Xavier-Stanislas TOUCHET, Evêque d'Orléans.
† Mon parrain a été Mᵍʳ François DESNOYERS, protonotaire apostolique ; — et ma marraine Mˡˡᵉ Suzanne YVER.

Sainte-Catherine

Poids : 1.777 kilos ; — *diamètre :* 1 m. 42 ; — *note :* ré.
Figure : sainte Catherine.
Inscriptions : au-dessus de sainte Catherine, la *devise :* « Ne te chaille pas de ton martyre. »
Au-dessous : Je me nomme SAINTE-CATHERINE.
Entre les frises :
† J'ai été baptisée, le 1ᵉʳ mai 1898, par Mᵍʳ Xavier-Stanislas TOUCHET, Evêque d'Orléans.
† Mon parrain a été M. Maxime de LAAGE de la ROCHE-TERIE ; — et ma marraine Mˡˡᵉ Madeleine DUGAIGNEAU de CHAMPVALLINS.

Sainte-Marguerite

Poids : 1.156 kilos ; — *diamètre :* 1 m. 22 ; — *note :* mi.
Figure : sainte Marguerite.
Inscriptions : au-dessus de sainte Marguerite, la *devise :* « Tu iras au royaume de Paradis. »
Au-dessous : Je me nomme SAINTE-MARGUERITE.
Entre les frises :
† J'ai été baptisée, le 1ᵉʳ mai 1898, par Mᵍʳ Xavier-Stanislas TOUCHET, Evêque d'Orléans.
† Mon parrain a été M. le Comte Gustave BAGUENAULT de PUCHESSE ; — et ma marraine Mˡˡᵉ Germaine CHAROY.

Félix-Dupanloup

Poids : 655 kilos ; — *diamètre :* 1 m. 01 ; — *note :* sol.
Figure : saint Aignan.
Inscriptions : au-dessus de saint Aignan, la *devise :* « Nous ne sommes plus étrangers l'un a l'autre ! »
Au-dessous : Je me nomme FÉLIX-DUPANLOUP.
Entre les frises :
† J'ai été baptisée, le 1ᵉʳ mai 1898, par Mᵍʳ Xavier-Stanislas TOUCHET, Evêque d'Orléans.
† Mon parrain a été M. le Comte Hilaire MERCIER de LA-COMBE ; — et ma marraine Mˡˡᵉ Thérèse de la ROCHEFOUCAULD.

CÉRÉMONIE DE LA BÉNÉDICTION

La journée du 1er mai 1898 marquera dans les annales historiques et religieuses de la ville d'Orléans. En effet, la cérémonie de la bénédiction des nouvelles cloches de la Cathédrale a pris les proportions d'un grand événement populaire, à en juger par l'énorme affluence qui se pressait dans la basilique.

A dix heures, le prélude de la cérémonie s'était passé à la grand'messe. Son Eminence le cardinal Coullié, archevêque de Lyon, a été amené processionnellement, accompagné de tout le clergé, à la Cathédrale, en suivant la rue de l'Evêché et la place Sainte-Croix. A l'entrée du chœur, Mgr Touchet, évêque d'Orléans, a souhaité la bienvenue à son vénérable prédécesseur en ces termes :

« EMINENTISSIME SEIGNEUR,

« Au moment où vous allez entrer dans le chœur de notre cathédrale Sainte-Croix, permettez que je vous exprime très simplement, très cordialement et très respectueusement le bonheur avec lequel tous, fidèles, séminaristes, prêtres, évêque, nous vous y accueillons.

« Depuis longtemps nous avions le désir de ce revoir.

« Je ne dirai même pas que nous en étions pénétrés plus profondément depuis qu'il a plu au Souverain Pontife de vous élever, pour vos mérites, à cet honneur quasi suprême, dans la hiérarchie du Cardinalat.

«Sûrement nous sommes heureux de nous incliner devant la pourpre du prince de l'Eglise : il nous plaît de penser que, s'il en fut revêtu sur cet illustre siège de Lyon, c'est un peu chez nous et avec nous qu'il l'a gagnée : nous aimons à le voir entouré d'un éclat que ses vertus très douces font particulièrement aimable.

« Mais, en absolue vérité, non, ce n'était pas le Cardinal qu'il nous tardait de saluer : c'était Mgr Coullié ; c'était le pasteur de rare excellence qui, pendant près de vingt années, nous a bénis et aimés. La gratitude, plus que la curiosité même légitime, est le principe de nos empressements.

« L'an dernier, notamment, lors de l'inauguration des verrières de Jeanne d'Arc, vous nous fîtes grandement défaut.

« Nous comptions sur vous.

« Cependant, nous finîmes par comprendre votre absence, à force de réfléchir aux choses, on se les explique.

« Vous n'aviez effectivement reçu alors du Souverain Pontife que votre calotte. Pas de barrette ;... pas de chapeau ;... pas de titre...

« Mais un cardinal sans barrette, sans chapeau, sans titre, n'est qu'un cardinal commencé ! Comment aurait-il pu se faire que vous, qu'on n'avait vu à Orléans qu'Evêque accompli, on vous y revît cardinal imparfait ?

« Je répète donc : nous avons compris.

« Soyons tout à fait loyaux. Ce qui nous aide à comprendre, c'est ceci encore : Si vous étiez venu pour les verrières, seriez-vous revenu pour les cloches ? Or le bien que l'on possède vaut mieux que celui dont on a joui.

« Mettons, pour conclure, que la Providence a bien mené toutes choses : c'est son habitude.

« Les cloches !... nos cloches !...

« Je vous les présente, Eminence. Les voici toutes les cinq.

« Elles sont un peu vôtres.

« D'abord, n'est-ce pas vous qui avez continué et achevé cette souscription, si puissamment lancée par Mgr Dupanloup, — cette souscription dont les résultats furent l'honneur de mon diocèse et du pays entier — cette souscription interrompue si douloureusement par la mort du grand Evêque ?

« A elle seule elle n'aurait pu, si considérable ait-elle été, que payer les verrières et les concours qui en avaient précédé l'exécution. Mais par une sage administration, pendant les délais que vous imposèrent les circonstances, vous avez fait valoir les fonds que votre illustre prédécesseur vous avait légués et ceux que vous avez recueillis vous-même, si bien qu'il m'a suffi de continuer pendant quelques années votre heureuse gestion — en y ajoutant une subvention, dont nous remercions l'Etat — pour trouver les ressources nécessaires à l'entreprise fort lourde, qui se couronnera dans quelques heures.

« Ainsi devais-je, Monseigneur, sans entrer dans des détails de chiffres qui seraient fastidieux, déterminer la part de chacun dans les choses que nous accomplissons présentement.

« MONSEIGNEUR L'ARCHEVÊQUE DE CHAMBÉRY,

« Vous avez été le collaborateur du Cardinal Coullié au milieu de nous : vous avez été son ami partout. Nous savons bien qu'associé à ses travaux et associé à son cœur, vous serez un jour, ainsi qu'il est juste, associé à ses honneurs. Ce jour-là, l'Eglise de France, qui vous connaît, applaudira : l'Eglise d'Orléans, qui vous regarde comme sien, au moins par quelques liens, dont elle estime le prix, sera très fière ; et vous, fidèle en tout, vous voudrez bien alors nous visiter, comme le Cardinal-Archevêque nous visite. A bientôt, Dieu aidant !

« Oui, MESSEIGNEURS, il vous appartenait de venir ensemble délier la langue de ces éloquentes qui, du haut de nos clochers, diront à la ville le souvenir de Monseigneur Dupanloup, les vertus admirables de notre Vénérable Jeanne, son inspiration, son beau rêve patriotique, son martyre, et par dessus tout la gloire et les grandeurs de notre Dieu !

« Messeigneurs, cette « sonnerie de la Délivrance » chantera-t-elle le *Te Deum* de la libération du pays de l'Est, dont le souvenir nous hante et nous brûle ?

« Encore : acclamera-t-elle la béatification et la canonisation de la Vénérable ?...

« De la tête, vous me faites signe que « oui », Eminence. Ce « oui » me comble de joie.

« Ah ! pour ce jour-là, j'ai bien une peur : c'est que Jeanne-d'Arc, Saint-Michel, Sainte-Catherine, Sainte-Marguerite, Félix-Dupanloup, ivres de joie, rejettent aux quatre vents, du côté de Beaugency, de Jargeau, de Coulmiers, de Patay, — vers tous les lieux de notre Val et de notre Beauce où il y a d'héroïques échos à éveiller, — des volées si ardentes, si éperdues, qu'elles en brisent leurs poitrines d'airain.

« Eh bien, ô nos belles et bonnes cloches, nous en prenons notre parti : même à ce prix, sonnez, sonnez ces deux triomphes ! si vous y brisez vos poitrines... on les raccommodera !

« Sinon, qu'elles vivent longtemps, bien longtemps ! Vous-mêmes, Messeigneurs, vivez longtemps, bien longtemps, pour l'honneur de l'Église, le bien des âmes, le progrès du règne du Christ et la joie de vos amis, dont le plus humble mais non le moins fidèle va rentrer dans un silence qu'il n'a rompu que pour accomplir un devoir et satisfaire un besoin de son cœur ! »

Son Eminence, visiblement émue, a répondu en ces termes :

« Je vous remercie, Monseigneur, de ces paroles de bienvenue. Je voudrais, pour y répondre dignement, avoir votre voix et votre éloquence d'apôtre ; si la fatigue et l'émotion ne me permettent que quelques mots, je tiens du moins à saluer avec une respectueuse affection l'Evêque qui a rappelé autour de la chaire de Sainte-Croix les auditoires fidèles à la voix de Mᵍʳ Dupanloup.

« Nul plus que moi ne se réjouit du bien qu'opère ici votre ministère ; car si je me suis donné tout entier à Lyon, le diocèse d'Orléans n'a pu cesser de me demeurer cher. »

Mᵍʳ Hautin, archevêque de Chambéry, ancien vicaire général d'Orléans, a chanté pontificalement la grand'messe, assisté de MM. les chanoines Agnès et Castera. Pendant l'office, la Maîtrise a exécuté les morceaux déjà entendus lors de la fête de Pâques, savoir : le *Laudate Dominum*, de M. le docteur Lauret ; le *Sanctus et Benedictus*, de M. G. Rabani, et l'*Agnus Dei*, de M. E. Gaudin.

Après la grand'messe, les trois prélats de Lyon, de Chambéry et d'Orléans ont été reconduits processionnellement à l'Évêché, au milieu d'une foule considérable.

Les cinq cloches nouvelles, dit le *Journal du Loiret*, fondues dans les ateliers de M. Georges Bollée, à Saint-Loup, avaient, on le sait, été amenées à la Cathédrale le mercredi 27 avril. Le lendemain, elles étaient suspendues aux charpentes dressées, à cet effet, à l'entrée du chœur : le bourdon au centre, un peu en retrait, les quatre autres à droite et à gauche, près des piliers du transept. Pour la circonstance, on avait enlevé la grille formant la clôture d'entrée du chœur, ce qui permettait à l'œil de saisir d'ensemble l'ampleur harmonieuse de l'immense basilique.

Tous les jours précédents, les cloches étaient apparues sans ornement et telles que nous les avons décrites avec leurs symboles et leurs inscriptions. Pour la cérémonie de la bénédiction, on les avait revêtues de leur robe baptismale et gracieusement parées : *Jeanne-d'Arc* et *Sainte-Marguerite*, de guirlandes de fleurs blanches ; *Saint-Michel* et *Sainte-Catherine*, de fleurs multicolores. *Félix-Dupanloup* avait une simple ornementation blanche et rouge qui la distinguait de ses voisines. Au-dessus des cloches étaient appendues les bannières portées à nos fêtes de Jeanne d'Arc et indiquant ainsi le nom de chacune d'elles. *Félix-Dupanloup* était surmontée d'une bannière aux armes du grand Evêque.

La Cathédrale, est-il besoin de le dire, était parée comme aux jours de fête. Dans la grande nef, des faisceaux de drapeaux tricolores avaient été apposés aux piliers voisins de la chaire. Aux deux piliers de l'entrée du chœur étaient adossés : à gauche, le trône de S. E. le cardinal Coullié ; à droite, celui destiné à Mᵍʳ Hautin et à Mᵍʳ Touchet.

Les parrains et marraines des cloches étaient ainsi placés : du côté de la chapelle de la Sainte-Vierge, le cardinal Coullié et Mˡˡᵉ de Larnage ; M. le comte Baguenault de Puchesse et Mˡˡᵉ Charoy ; M. le comte de Lacombe et Mˡˡᵉ de La Rochefoucauld ; du côté de la chapelle du Sacré-Cœur, Mᵍʳ Desnoyers et Mˡˡᵉ Yver ; M. de la Rocheterie et Mˡˡᵉ de Champvallins.

Grâce aux mesures d'ordre prises par le clergé de la Cathédrale, l'entrée aux portes laissées libres au public s'est effectuée sans trop d'encombre, mais avec assez de rapidité pour qu'en un quart d'heure à peine les bancs-d'œuvre, la partie de la grande nef non réservée, les chapelles du transept et les nefs latérales fussent remplies d'une foule compacte de plusieurs milliers de spectateurs.

Dans le sanctuaire avaient pris place les élèves du Petit Séminaire de La Chapelle et leurs professeurs ; le chœur était occupé par les membres du Chapitre, les chapelains et le clergé de la Cathédrale ; MM. Vigoureux, curé-doyen de Saint-Paul ; Cornet, de Saint-Marceau ; Brague, curé de la Chapelle-Neuve ; Vion, curé de Saran ; Maillard, Jullien, Blanchet, directeurs au Petit Séminaire de Sainte-Croix ; le R. P. Magnien, de la Société de Saint-Sulpice, supérieur du Grand Séminaire de Baltimore (États-Unis), etc. ; puis la Maîtrise, le Grand Séminaire et les chanteurs et musiciens groupés sous la direction de M. l'abbé Laurent, maître de chapelle.

Aux premiers rangs de la brillante assistance, composée des familles et des invités des parrains et marraines et d'un petit nombre de privilégiés, se trouvaient M. le général et Mme Duchesne, M. l'intendant militaire Courtot, M. le colonel Palle, du 30e d'artillerie ; MM. les commandants Jacquot et Chalmeton.

On remarquait encore MM. les membres du Conseil de fabrique de la Cathédrale et tous les coopérateurs du beffroi : MM. Dusserre, Bollée, Audoux, Guillot-Pelletier, Thiercelin.

A trois heures précises, après l'arrivée des prélats, nous entendons le *Prélude de la messe de Clovis*, de Gounod, pour grand orgue, trompettes, orgue d'accompagnement et chœurs, exécutée avec un ensemble remarquable et qui produit l'effet le plus grandiose.

Après ce superbe morceau de musique sacrée, M. l'abbé d'Allaines, vicaire général, monte en chaire pour prononcer l'allocution, que nous reproduisons plus loin.

L'allocution terminée, S. E. le cardinal Coullié, Mgr Hautin et Mgr Touchet quittent le banc-d'œuvre, suivis des parrains et marraines, et viennent occuper leurs trônes respectifs. Alors commence la bénédiction des cloches, à laquelle les prélats procèdent simultanément : S. E. le cardinal Coullié, pour le bourdon *Jeanne d'Arc* ; Mgr Haulin, pour les cloches *Sainte-Catherine* et *Saint-Michel* ; Mgr Touchet pour les cloches *Sainte-Marguerite* et *Félix Dupanloup.* Tandis que s'accomplissent les rites liturgiques du lavage intérieur et extérieur des cloches, des onctions avec le saint chrême et des encensements, le chœur chante plusieurs psaumes en faux-bourdon. — Puis chaque officiant fait résonner, par le battant, la cloche qu'il vient de bénir et de consacrer ; à la suite chaque marraine se prête gracieusement à la même manœuvre. Enfin le diacre chante l'Évangile et le cortège pontifical reprend le chemin du sanctuaire.

Bientôt recommence le *prélude de la messe de Clovis*, et, alors les cloches font leur partie de carillon, habilement ordonnée par M. le maître de chapelle qui a eu là une idée fort ingénieuse. L'effet produit est des meilleurs.

Pendant le salut solennel, célébré par S. E. le cardinal Coullié, le chœur et les solistes accompagnés par l'orchestre et les harpes, ont chanté le *Panis angelicus*, de Franck, *Virgo intemerata*, d'Hummel, le *Tantum ergo*, de Lippacher, dans lesquels MM. Drouot, Gimonet et Brun se sont réellement distingués. Après la bénédiction, on a exécuté, de nouveau, le *Laudate Dominum*, de M. le docteur Lauret.

La foule s'est écoulée lentement, bien lentement, car chacun voulait voir de près les nouvelles cloches, chacun voulait en emporter un souvenir fleuri. Il n'y en a pas eu pour tout le monde ; mais ce qui est certain, c'est que, des fleurs et du feuillage, il n'en est pas resté la moindre trace.

Ajoutons qu'une distribution générale de petits sacs de dragées avait été faite, non seulement au cours de la cérémonie, aux invités privilégiés, mais, dès l'entrée, au plus grand nombre des assistants, jusqu'à complet épuisement des 4,000 sacs répartis entre les divers distributeurs. Ces sacs portaient l'inscription suivante en lettres dorées : *Cathédrale d'Orléans. Bénédiction des cloches. 1er mai 1898.*

Dès le lendemain de la cérémonie, les ouvriers se sont occupés de la mise en place des cloches, qui devait être terminée pour nos fêtes de Jeanne d'Arc.

INSTALLATION DES CLOCHES

La sonnerie est installée au premier étage de la tour du Nord, dans une chambre octogone qui mesure 9m 20 sur 9m 20.

Malgré les bruits accrédités depuis longtemps dans le public que les tours de Sainte-Croix n'étaient pas susceptibles de supporter le poids de grosses cloches, il a été reconnu par les hommes de l'art que c'était une erreur.

Sur des murs qui, à cet étage mesurent plus de trois mètres d'épaisseur M. Danjoy, architecte diocésain et l'architecte départemental M. Dusserre, ont posé d'énormes poutres en fer soutenant le plancher portant la superbe charpente des cloches. N'étant pas engagées dans les murailles la dilatation du fer de ces poutres pourra se produire aisément.

Au résumé, grâce au concours de tous les coopérateurs, l'installation de cette œuvre, placée à environ 55 mètres du sol, est faite dans les meilleures conditions, à tous les points de vue.

« Si les cloches, dit Chateaubriand, eussent été attachées à tout autre monument qu'à des églises, elles auraient perdu leur sympathie morale avec nos cœurs. C'était Dieu lui-même qui commandait à l'ange des victoires de lancer les volées qui publiaient nos triomphes, ou à l'ange de la mort de sonner le départ de l'âme qui venait de remonter à Lui. Laissons donc les cloches rassembler les fidèles ; car la voix de l'homme n'est pas assez pure pour convoquer aux pieds des autels le repentir, l'innocence et le malheur. Chez les sauvages de l'Amérique, lorsque des suppliants se présentent à la porte d'une cabane, c'est l'enfant du lieu qui introduit ces infortunés au foyer de son père. Si les clochettes nous étaient interdites, il faudrait choisir un enfant pour nous appeler à la maison du Seigneur. »

ALLOCUTION DE M. L'ABBÉ D'ALLAINES

Clamabant alter ad alterum dicentes :
Sanctus! Sanctus! Sanctus Dominus
Deus exercituum.
Des voix chantaient et se répondant les
unes aux autres, elles disaient : Saint ! Saint!
Saint est le Seigneur, le Dieu des armées !
(Isaïe, vi, 3.)

ÉMINENCE,

MESSEIGNEURS,

MES FRÈRES,

L'Eglise a d'étonnantes sollicitudes et des honneurs vraiment singuliers pour ses cloches.

Elle veut assister à leur naissance ; et là, au moment marqué par le maître fondeur, quand le métal en fusion va jaillir de la fournaise, elle bénit la lave brûlante de laquelle les cloches sortiront brillantes, robustes et sonores.

Puis, quand elles ont quitté le berceau mystérieux où elles prennent leurs formes arrondies et pures, avant de les installer dans les beffrois qu'elle a bâtis pour elles, l'Eglise confère à ses cloches une solennelle bénédiction Elle les amène devant l'autel, parées et enrubannées comme des filles de roi ; elle donne à chacune un nom, et ce nom est choisi parmi les plus saints et les plus illustres ; sous les yeux des parrains et des marraines, choisis eux aussi parmi les meilleurs de ses enfants, elle les bénit, elle les lave, elle les purifie ; elle les oint avec les huiles saintes qui servent au sacre des prêtres et des évêques ; elle brûle enfin autour d'elles l'encens qui ne s'offre qu'à Dieu et à ses représentants ici-bas.

Et, comme aujourd'hui, le peuple chrétien accourt en foule ; il se presse joyeux, attentif, et charmé, pour voir de plus près la bénédiction, et comme il dit, le baptême des cloches.

Qu'est-ce que tout cela ? Superstition ? Naïveté puérile ? Enfantillage irrespectueux ? Profanation des rites sacrés ?

Non, Mes Frères, c'est sagesse et vraie religion.

L'Eglise est saintement jalouse de l'honneur et des droits de Dieu ; et, quand il s'agit du service divin, elle se plaît à envelopper, même les objets inanimés qui lui sont consacrés, de rites et de bénédictions qui les tirent du milieu des choses profanes, et les imposent à notre respect et à notre vénération.

Ainsi fait-elle pour ses cloches.

J'essaierai de vous dire brièvement en retour de quels services l'Eglise décerne à ses cloches de pareils honneurs, et quelles raisons particulières nous avons, nous, d'aimer les cloches qui vont être bénites aujourd'hui.

Eminence,

Sous la pourpre qui couvre l'illustre évêque de Lyon, celui que nous aimons surtout à revoir, c'est le bon pasteur que nous avait donné Mgr Dupanloup. Nous sommes bien heureux de vous posséder de nouveau pour quelques jours.

Et nous sommes très fiers aussi des honneurs qui vous ont été décernés par le Souverain Pontife Léon XIII. La gloire du père rejaillit sur les fils, et nous croyons — est-ce fatuité naïve de notre part? n'est-ce pas plutôt instinct du cœur qui ne trompe pas ? — nous croyons que nous sommes encore un peu vos fils, ayant été vos premiers diocésains.

Votre devise était alors : *Obedientia et dilectio,* obéissance et dilection. C'est l'obéissance qui vous a enlevé à cette ville et à ce diocèse d'Orléans ; et, bien que l'obéissance soit une majesté devant laquelle toute âme chrétienne s'incline, nous aurions mal pensé peut-être de l'obéissance dans ce temps-là, si nous n'avions eu de bonnes raisons de croire que la dilection nous restait. Elle nous est restée, nous le voyons bien.

Eminence,

Tous les cœurs ici sont vôtres.

Monseigneur l'Archevêque de Chambéry,

Nous sommes vos compatriotes : cela ne s'oublie pas.

Nous n'oublions pas non plus les services que, pendant de trop courtes années, vous avez rendus à ce diocèse : services de vicaire général ne sont pas services de peu d'importance ; je le vois bien, quand je pense à ce que vous avez fait parmi nous, et à ce que je voudrais savoir faire comme vous.

Enfin, vous étiez ici, et vous êtes resté, et vous serez toujours l'ami fidèle et dévoué de S. Em. le cardinal Coullié.

J'en ai dit assez — trois raisons, c'est le *funiculus triplex* dont parle la Sainte Ecriture : *funiculus triplex difficile rumpitur* — j'en ai dit assez, Monseigneur, pour que vous soyez assuré de n'être jamais oublié à Orléans, et d'y être toujours aimé.

Monseigneur l'Evêque d'Orléans,

Si je ne prononçais pas votre nom aujourd'hui, je ne dis pas que les pierres de cet édifice, et ces cloches elles-mêmes, — ces éloquentes, comme vous les appeliez ce matin — parleraient à ma place : mais je crois en vérité que le *Vivat* enthousiaste qui est dans tous les cœurs, et que, seule, la sainteté du lieu a pu retenir, au cours du dernier carême, sur les lèvres déjà entrouvertes de vos auditeurs, je crois que ce *Vivat* éclaterait de lui-même sous ces voûtes, toutes vibrantes encore des échos de votre éloquente et apostolique parole.

Au nom de tous, Monseigneur, merci de nous avoir préparé ces visites, cette fête, ces cloches : merci surtout d'être si entièrement, avec tant de vaillance et si tendrement, notre père et notre chef.

L'Eglise, Mes Frères, doit remplir ici-bas une double mission, celle même pour laquelle le Christ est venu : rendre gloire à Dieu ; donner, sur terre, la paix aux hommes de bonne volonté.

Rendre gloire à Dieu, donner la paix aux hommes de bonne volonté, à dire vrai, ce ne sont pas deux missions différentes, ou étrangères l'une à l'autre. Quand toute gloire est rendue à Dieu, la paix règne dans les consciences et sur le monde ; et quand la sainte paix habite les cœurs et les sociétés, Dieu recueille sur terre la seule gloire dont il soit jaloux. La paix de l'homme fait la gloire de Dieu, et la gloire de Dieu, c'est la paix de l'homme.

Pour remplir sa mission, l'Eglise bâtit des temples.

Dans ces temples, Dieu réside. Et dans ces temples, l'Eglise donne rendez-vous à tous les hommes pour leur parler de Dieu.

Puisque les temples catholiques sont la demeure de Dieu, il est juste que l'Eglise les veuille aussi beaux et aussi magnifiques que possible.

Elle travaille à les rendre tels.

Elle tire donc des entrailles de la terre la pierre et les marbres les plus précieux.

Puis elle appelle à son aide tous ceux par qui l'esprit commande à la matière.

Aux architectes, elle demande ces voûtes élevées, ces faisceaux de colonnes, ces vastes nefs, ces longues et belles perspectives que nous admirons dans nos cathédrales.

Aux sculpteurs, elle commande les frises élégantes, les riches panneaux, les chapiteaux superbes ; puis les statues et les châsses de ses saints ; l'autel enfin et le tabernacle.

Les peintres couvrent ensuite les murs du temple de tableaux et de fresques ; les verriers remplissent ses fenêtres et ses rosaces d'éblouissantes visions.

Là-bas, près de l'autel, les musiciens se rassemblent pour chanter la gloire de Dieu et ses bienfaits. Là-haut se placent l'orgue, écho et synthèse sublime des voix de la nature, et, comme aujourd'hui, les trompettes guerrières, dont les accords éclatants répondent aux voix pacifiques du chœur.

Entre les orgues enfin et l'autel, vers le milieu du temple, se dresse la chaire, du haut de laquelle l'Evêque et ses prêtres font descendre la parole de vérité.

C'est bien. L'intérieur du temple catholique a sa parure et ses voix multiples. Il est vraiment beau, vraiment vivant, et tout y parle de Dieu.

Et le dehors ?

Au dehors, le temple catholique a ses portiques, ses arcades, ses cloîtres, ses contreforts, ses belles proportions, ses lignes

architecturales, sa hauteur, son étendue, sa masse énorme.
Il est beau déjà et majestueux. C'est bien encore.

L'œil est satisfait. Mais ne faut-il pas une voix au temple
de Dieu pour que, à l'extérieur, il soit pleinement beau,
comme à l'intérieur ? Ne lui faut-il pas une voix, surtout
pour faire connaître à tous la majesté, la bonté et les appels
du Dieu qui l'habite ? Et quoi ! le temple où réside le Dieu
vivant serait silencieux au dehors et muet, comme les pyra-
mides vides de l'Egypte, ou les pagodes, plus vides encore, des
faux-dieux ? Le génie et la foi ne trouveraient pas le moyen de
lui donner une voix qui chante Dieu et qui appelle à Dieu les
hommes ?

L'Eglise a trouvé ce moyen.

Et, un jour, — c'était au VIIIe ou au IXe siècle, peut-être, —
un de ses fils, un inconnu, prêtre, moine ou laïque, je ne sais,
un chercheur de génie en tout cas, et une âme très poétique
et très religieuse, un de ses fils inventa la cloche.

A partir de cette époque, on vit donc se dresser au chevet,
au centre, plus souvent à l'entrée de nos basiliques et de nos
cathédrales de nouvelles et audacieuses constructions, des
tours élancées, des flèches hardies, des campaniles, des clochers, semblables, comme on dit en Alsace, à des doigts qui
montrent le ciel ; et là-haut, dans des nids d'aigle, on monta
la cloche ; la cloche au cerveau pétri dans la lave ; la cloche à
la poitrine de bronze, aux lèvres d'airain, à la langue de fer,
agile, puissante, infatigable ; la cloche à la voix retentissante,
qui chante, qui prie, qui pleure, qui gronde, qui tinte et qui
tonne, et, sans se lasser jamais, jette à pleine volée, aux
quatre vents du ciel, ses ondes sonores et vibrantes.

Et depuis ce temps, du haut du temple catholique, les
cloches n'ont pas cessé de sonner, de parler et de chanter.

Chaque jour elles nous appellent à la prière.

Chaque jour elles nous convient au sacrifice et au banquet
eucharistique.

Chaque jour elles nous invitent à venir entendre la parole de
Dieu.

Chaque jour, jusqu'à trois fois — le matin, à midi, le soir, —
au travailleur, à l'ouvrier des villes, au laboureur, au pauvre,
au riche, aux heureux, s'il y en a, et aux malheureux, elles
redisent la bonne nouvelle qui console et qui réjouit : « *Ave
Maria* ! Le Verbe s'est fait chair, il a habité parmi nous.
Ave Maria ! Un sauveur nous est né, il s'appelle Jésus. *Ave Maria* ! La mère de Jésus est notre mère : Sainte Marie, mère de
Dieu, priez pour nous... *Ave Maria* ! »

Aussi quand elles se taisent tout un jour, ce jour est le jour
du grand deuil, de la grande douleur, de la grande affliction :
c'est le jour où le Christ est mort. Mais, le lendemain, comme
elles reprennent triomphantes, l'*Alleluia* de la Résurrection !
Comme elles chantent aussi le *Noël* et le *Gloria* de la Nativité ;
ou enfin, le *Te Deum* de l'action de grâces !

Et comme elles sont secourables à nos misères, à nos fai-
blesses, à nos désespoirs !

Un danger se montre-t-il à l'horizon ! L'eau, le feu, me-
nacent-ils nos champs ou nos maisons ? Est-ce l'ennemi qu'on
signale là-bas à la frontière ? Les cloches sonnent ; elles crient
au secours ; elles appellent *aux armes ;* elles suscitent en chaque
âme la sainte flamme du patriotisme et de la fraternité chrétienne.

Vienne enfin l'ennemi, auquel personne n'échappe : vienne la
mort... Elles pleurent, les cloches : de l'aurore à la nuit, de la
nuit à l'aurore, tu te lamentes, o cloche,

> Imitant de nos cœurs le sanglot étouffant.
> Le ciel résonne alors de ta complainte amère
> Comme si chaque étoile avait perdu sa mère,
> Et chaque brise son enfant !

Ou plutôt, non ;

> Des sanglots de l'airain, ah ! n'attriste personne !
> Ne va pas mendier des pleurs à l'horizon !
> Mais prends ta voix de fête, et sonne sur ma tombe
> Avec le bruit joyeux d'une chaîne qui tombe
> Au seuil libre d'une prison. (1)

Devant nos cercueils, elles pleurent, les cloches ; elles se la-
mentent ; mais, compatissantes et douces, au glas funèbre,
aux lamentations, à nos larmes, elles mêlent des cris d'espé-
rance et des promesses d'immortalité.

Ainsi chantent les cloches.

Voix de l'Eglise, elles chantent comme elle : gloire à Dieu
dans le ciel ; et paix, sur la terre, aux hommes de bonne
volonté !

Voix puissantes, elles couvrent les rumeurs des cités popu-
leuses ; elles avivent les échos lointains de nos campagnes : et,
jusques aux dernières chaumières des plus humbles vallons,
elles portent ces clameurs étranges, mystérieuses, attendris-
santes, où se mêlent les tristesses, les joies, les espérances de
la terre, et les promesses, les sourires et les bénédictions du
ciel.

Ainsi chantent les cloches ; et, par elles, le temple catholique devient vraiment l'image et la reproduction, grandiose
encore, de la vision qu'avait contemplée le prophète Isaïe. Un
temple élevé, immense ; dans ce temple sur un trône resplen-
dissant, Dieu, dont la majesté remplit tout l'édifice. Au-dessus
du temple, planant avec leurs grandes ailes, des séraphins
qui chantent, et qui se répondent les uns aux autres en
disant : « Saint ! Saint ! Saint est le Seigneur le Dieu des
armées ! »

Tels sont les services que les cloches rendent à l'Eglise ; et
voilà pourquoi l'Eglise aime ses cloches et leur prodigue les
honneurs de sa liturgie.

_____

(1) *Lamartine.* La cloche du village.

Et nous, pourquoi aimons-nous ces cloches que vous allez bénir, Messeigneurs ?

Est-ce seulement parce qu'elles sont belles ?

Est-ce seulement parce qu'elles sont sonores et harmonieuses ?

Est-ce seulement pour le plaisir qu'elles feront à nos oreilles ; ou pour la satisfaction qu'elles donneront bientôt à notre amour-propre et à notre vanité... de clocher, lorsqu'elles feront taire, pour toujours, les grelots, au son argentin et grêle, dont les services ont cessé de nous plaire ? — Pourtant, ce ne sera pas sans quelque mélancolie au fond du cœur, que, pour la dernière fois, le 14 mai prochain, nous entendrons votre dernière chanson, clochettes de Sainte-Croix... Longtemps vous nous avez suffi ; vous suffisiez à nos pères : pour eux vous avez prié, pour eux vous avez pleuré, vous avez chanté aussi pour eux ; et souvent vous les rappeliez à notre souvenir ému.

Pourquoi, Mes Frères, pourquoi aimons-nous nos cloches nouvelles ? Car nous les aimons, ce n'est pas douteux ; et vous, et moi nous aurions mauvaise grâce à nous en défendre.

Nous les aimons parce qu'elles sont vraies et bonnes Orléanaises ; nous les aimons surtout parce que nous savons qu'elles seront bonnes Catholiques et bonnes Françaises.

Bonnes Orléanaises... ah ! elles le sont bien vraiment.

Elles sont nées en janvier et en avril 1898, au faubourg Bourgogne, dans la fournaise d'un maître fondeur (1), dont le nom est bien connu à Orléans et dans le centre de la France. L'aïeul, le père et le fils, nous les avons vus à l'œuvre, ont mis à les former toute leur âme d'artistes chrétiens et de dévots de Jeanne.

Qui leur a préparé là-haut, dans nos tours ajourées, la chambre aérienne où elles s'installeront demain ? Une triple équipe d'ouvriers maçons, d'ouvriers charpentiers et d'ouvriers du fer, appartenant à des chantiers orléanais (2), et travaillant sur les plans d'architectes qui aiment notre cathédrale, et poursuivent patiemment et habilement l'œuvre séculaire de sa restauration (3).

Et ne sont-elles pas bien Orléanaises, les mains épiscopales qui vont les bénir tout à l'heure, et les lèvres qui vont les consacrer au service de Dieu ?

Orléanais enfin les parrains, Orléanaises les marraines que vous avez donnés, Monseigneur, à ces cloches. Vous auriez pu, peut-être, choisir aussi bien en choisissant dans votre diocèse d'autres noms et d'autres personnes : sûrement vous ne pouviez choisir mieux ; et pareil cortège de parrains et de marraines ne se voit pas souvent à une bénédiction de cloches : un cardinal de la sainte Eglise romaine ; — un prélat (4), le

(1) M. *Georges Bollée.*

(2) Les chantiers de M. *Audoux,* de M. *Jahier,* de M. *Guillot-Pelletier.*

(3) M. *Danjoy,* architecte diocésain et M. *Dusserre,* architecte départemental.

(4) Mgr *Desnoyers,* vicaire général, protonotaire apostolique. *Præstat amor patriæ* est la devise de Mgr Desnoyers.

doyen d'âge et de services de votre clergé orléanais, passionné pour la science, plus encore pour la patrie *prœstat amor patriœ* ; — puis de vaillants chrétiens (1), formés à l'école de Mgr Dupanloup (l'un d'eux son ami le plus ancien et le témoin de presque toute sa vie) ; appartenant tous trois à l'élite de cette cité, et tous trois aussi, par la plume et par la parole, par le livre et par les œuvres, voués, depuis quarante ans, au service de Dieu, de l'Eglise et de la France ; — de jeunes marraines enfin (2), sœurs d'années et d'âme de notre Jeanne : gracieuse couronne, fleurs printanières et charmantes que vous avez cueillies à Orléans, à Briare, à l'ombre de NotreDame de Cléry, aux pieds de la Notre-Dame de Lourdes de notre Gâtinais.

Vraies Orléanaises, nos cloches seront encore bonnes Catholiques.

La mission que l'Eglise confie aux autres cloches ; elles la rempliront, elles aussi.

Ce que disent les autres cloches, elles le diront.

Ce que chantent les autres cloches, elles le chanteront, toutes ensemble et chacune à son tour.

Mais, de plus, chacune d'elles aura son refrain spécial, comme elle aura sa note propre. Ce refrain, pour qu'il ne s'oublie pas, elles le portent gravé en caractères ineffaçables sur le bronze de leur poitrine. Approchez-vous, regardez et lisez avant qu'elles ne montent là-haut : ce sont paroles de vie.

De par le roi du ciel : Avec cette parole, Jeanne affirmait sa mission, relevait le courage de son roi, commandait aux généraux, gouvernait les politiques, entraînait les soldats, les bourgeois et le peuple ; chassait du camp les filles de mauvaise vie ; et boutait hors de France l'Anglais pillard et insolent. — *De par le roi du ciel..*, c'est encore aujourd'hui la parole qu'il nous faut : c'est la parole libératrice qui rappelle et résume la grande loi du devoir ; c'est le cri de notre foi religieuse et philosophique ; c'est le mot d'ordre qui rallie les âmes vaillantes et droites, les consciences lucides, les volontés intrépides ; la *Jeanne d'Arc* nous le rappellera : *De par le roi du ciel* allez à votre devoir, nous dira-t-elle, soyez fidèles à votre devoir ! vivez et mourez pour votre devoir.»

Jeanne avait ses voix : à Domremy, elles l'excitaient : c'était saint Michel, qui lui disait : *Va ! va ! fille de Dieu ! va !* A Rouen, dans sa prison, elles la consolaient, elles l'encourageaient. C'était sainte Catherine, c'était sainte Marguerite ; elles lui disaient : *Ne te chaille pas de ton martyre : Tu iras au royaume de paradis.* — Hélas ! pour nous aussi le devoir a ses duretés : il vient du ciel, nous sommes de la terre : sa grandeur et son élévation étonnent notre faiblesse : et nous nous arrêtons parfois surpris de ses exigences et doutant de ses promesses : nous avons nos jours de lassitude et de découra-

(1) M. *de la Rocheterie*, conseiller général, maire de Dry ; Comte *Baguenault de Puchesse* ; comte Hilaire *de Lacombe*.

(2) Mlles Madeleine *de Larnage* ; Suzanne *Yver* ; Madeleine *de Champvallins* ; Germaine *Charoy* ; Thérèse *de la Rochefoucauld*.

gement ; la souffrance est bien amère, l'épreuve est bien longue, Dieu, nous semble-t-il, s'est retiré bien loin.

Peut-être que, en entendant les cloches chanter là-haut, vous vous souviendrez des leçons qu'elles nous disent ; peut-être que, un jour, quand vous écouterez *Saint-Michel*, *Sainte-Catherine* ou *Sainte-Marguerite*, peut-être qu'une voix intérieure parlera à votre âme et lui dira : *Va ! va ! Fille de Dieu ! va !... Fais ce que dois... Ne te chaille pas de ton martyre*, un jour, *tu iras au royaume de paradis.* » Et alors vous reprendrez courage et confiance.

Ce jour-là, nos cloches auront été bonnes catholiques ; elles le seront toujours ainsi, si vous le voulez.

Et elles seront bonnes Françaises.

Les voix de Jeanne se sont tues il y a quatre cents ans. Mais, après ces quatre cents ans de silence, une autre voix s'est élevée qui fut dans notre siècle, à sa façon, une voix de Jeanne. Ah ! comme il parlait de Jeanne d'Arc, Mgr Dupanloup ! Avec son grand cœur et sa haute raison, il avait compris que la mission de Jeanne ne finissait pas avec l'an 1431 ; et il croyait, et il espérait que, si les hommes le voulaient — comme au temps de Charles VII et de La Trémouille : *si les hommes le voulaient* — de nos jours, à la fin de ce siècle, ou au commencement du vingtième, voyant la grande pitié qui est encore au royaume de France, la bonne Pucelle pourrait bien nous donner aide et secours une seconde fois ; et, si elle se montrait à nous, avec l'éclat de ses virginales et héroïques vertus, et au front l'auréole de la sainteté, elle réveillerait sans doute l'âme endormie de la patrie ; elle grouperait à nouveau autour de son étendard toutes les bonnes volontés, elle referait enfin l'union si désirée, de tous les braves gens entre eux, et avec Vous, mon Dieu !

C'est pourquoi, après avoir bien parlé de Jeanne, ici, dans cette chaire, il disait — non pas au nom de cette ville d'Orléans, qui, seule, pendant quatre siècles, a gardé le souvenir de la libératrice ; mais au nom de la France qui, pendant quatre siècles, hélas ! l'avait oubliée — il disait à sa noble et sainte cliente : « *Nous ne sommes plus étrangers l'un à l'autre.* » — « *Nous ne sommes plus étrangers l'un à l'autre* ». C'est la légende qui se lit sur la gorge de notre *Félix Dupanloup*. La voyez-vous là-bas, mes Frères, la cloche *Félix Dupanloup* ? De nos cloches elle est la plus petite ; mais elle sera, dit-on déjà, la plus active et la plus occupée, celle que nous entendrons le plus souvent, s'il est vrai qu'elle doive chaque jour, matin et soir, appeler MM. les Chanoines à l'office et sonner l'*Angelus*..... « Pensez à Jeanne nous dira-t-elle : priez-la, glorifiez-la ; c'est d'elle que viendra, le salut ! »

Et toutes ensemble, nos cloches, à chacun de nos 8 Mai, et à d'autres anniversaires encore, toutes ensemble, bonnes Catholiques et bonnes Françaises, elles chanteront les prédilections de Dieu pour la France, et les grandes choses qu'Il a faites pour elle dans le passé, gage des biens qu'Il lui réserve encore : et elles rediront l'antique croyance de nos pères : *Le Christ aime les Francs !*

Le Christ aime les Francs ! nous le croyons, nous aussi. C'est vrai ; c'est la leçon qui se dégage de toute notre histoire ; et la mission de Jeanne au XVᵉ siècle est le principal, non le seul témoignage de ces faveurs d'en haut.

Pourquoi cette prédilection ? Pourquoi ces faveurs ? Nous ne sommes pourtant ni les plus forts, ni les plus riches; ni les plus religieux, ni les plus fidèles des peuples chrétiens; ni même les plus sages, peut-être.

Nous ne sommes pas les plus sages..... peut-être. Mais j'ai entendu, il y a quelques années, un évêque étranger, grand admirateur de Jeanne : patriote intrépide, il parlait des malheurs et des souffrances de sa race et de son peuple, et il disait : « Partout où il y a des petits et des opprimés, un instinct naturel les fait se tourner vers la France : tant qu'ils la savent grande et forte, ils patientent, ils se consolent en pensant à la France ! » — Ainsi parlait Mgr Strosmayer.

Nous ne sommes pas les plus sages..... peut-être, mais j'ai lu aussi cette page d'un historien célèbre : « Si l'on voulait entasser ce que chaque nation a dépensé de sang, d'or et d'efforts de toutes sortes pour les choses désintéressées qui ne doivent profiter qu'au monde, la pyramide de la France irait montant jusqu'au ciel; et la vôtre, ô nations, toutes tant que vous êtes » — y compris sans doute celles du nouveau monde — « le vôtre, l'entassement de vos sacrifices irait aux genoux d'un enfant !» — Ainsi écrivait Michelet :

Voilà peut-être pourquoi *le Christ aime les Francs !*

Et voilà pourquoi aussi, supposé que quelque pharisien d'outre-Rhin, ou d'ailleurs, s'avisât de porter plainte au trône de l'Eternelle Justice, je crois bien qu'il lui serait répondu, comme autrefois au juif Simon : « Beaucoup de péchés lui sont remis, parce qu'elle a beaucoup aimé! (1) »

Voilà donc ce que nous entendrons, et la leçon d'histoire que nous prendrons, quand nous viendrons rêver à la France, à son passé, à ses destinées, en écoutant *Jeanne d'Arc* ou *Saint-Michel, Sainte-Catherine* ou *Sainte-Marguerite*, et *Félix Dupanloup.*

* *

Montez donc, cloches de Jeanne d'Arc, cloches de Mgr Dupanloup, cloches d'Orléans, cloches de France ; montez dans votre beffroi et sonnez là-haut ; et chantez ; et dites-nous le cantique des anges, le cantique de l'Eglise aussi : « Gloire à Dieu dans le Ciel et paix sur la terre aux hommes de bonne volonté ! »

Chantez nos délivrances passées !

Chantez nos joies; chantez nos espérances ; et par vos chants aussi consolez nos tristesses !

(1) Saint Luc V 47.

Sonnez pour l'Eglise!
Sonnez pour la patrie!
Sonnez pour Jeanne la libératrice!

Et puissiez-vous sonner bientôt pour Jeanne la bienheureuse et la sainte..... Notre belle cathédrale est prête : aujourd'hui, les *cloches* de Jeanne d'Arc ; hier, les *vitraux* de Jeanne d'Arc ; demain, sous ce porche, la belle *statue* de Jeanne d'Arc que vous nous avez promise, Monseigneur, et qu'on ne vous empêchera pas toujours d'ériger à la place que vous lui avez si bien choisie..... La cathédrale de Jeanne d'Arc est prête. Quand donc vous le voudrez, ô sainte Eglise romaine, mais bientôt s'il plaît à Dieu, donnez-nous le nimbe radieux, l'auréole céleste et l'autel de sainte Jeanne d'Arc !

Ce jour-là, là-haut, dans les tours de Sainte-Croix, le « vent d'airain », comme parle le poète, se déchaînera et soufflera joyeux et fort, sonore et triomphant ; de clocher en clocher, il portera sur toute la terre de France la bonne nouvelle et le salut à Jeanne : et, ce jour-là plus que jamais, prêtant votre voix aux grands séraphins blancs qui veillent là-haut sur la cité, vous chanterez, ô cloches, le cantique de l'adoration, de l'amour et de la reconnaissance : « Saint ! Saint ! Saint est le « Seigneur, le Dieu des armées ! Saint ! Saint ! Saint est *le Christ* « *qui aime les Francs !* »

Ainsi soit-il.

LE CARILLON DE LA DÉLIVRANCE

LE RÉCITANT

Dans la tour ajourée, aux pieds des quatre archanges
Qui nous couvrent, là-haut, de leur geste serein,
Vous allez donc monter, jeunes cloches d'airain,
          ⁺ Et de ce faîte souverain
Sur la vieille cité planer, oiseaux étranges !...

L'âme encore endormie en vos sonores flancs
          Va s'éveiller près de la nue,
Et vous nous chanterez la chanson inconnue,
Que vous avez naguère apprise et retenue,
Alors que vous naissiez dans les brasiers brûlants !...

LE PEUPLE

Sœurs de bronze, salut ! Nous vous écouterons
Quand, s'épandant aux cieux en ondes solennelles,
Vos voix se déploieront comme de grandes ailes
          Et passeront, graves ou frêles,
Avec le vent de l'aube et du soir, sur nos fronts !...

LE RÉCITANT

Mais qu'entends-je ?... Silence ! un son jaillit, et vibre
Dans l'urne, fraîche encor du baptême lustral,
Et je crois discerner, dans l'accord du métal,
          Je ne sais quel verbe idéal,
Qui s'élance aux arceaux d'un vol ardent et libre ! ..

LE PEUPLE

          Oui, cloches, parlez-nous ; sonnez !
          Dans la robe des nouveau-nés
          Jetez vers cette antique voûte
          Vos sons encore emprisonnés
          Dans la robe des nouveau-nés,

          Parlez, Orléans vous écoute ;
          Oui, parlez-nous, cloches ; sonnez !...

                              (*Les cloches chantent*).

SAINT MICHEL, SAINTE MARGUERITE, SAINTE CATHERINE

Nous sonnerons pour la sainte héroïne,
Qui te sauva, vieil Orléans, jadis,
Et qui toujours, du haut du paradis,
L'épée au poing, sur tes remparts s'incline !
Nous redirons ces immortels exploits
Que nulle gloire au monde ne surpasse,

Et, dans son souffle ailé, le vent qui passe
En jettera, par les champs de l'espace,
L'écho vivant incarné dans nos voix !

LE PEUPLE

Oui, oui, cloches, sonnez pour la sainte héroïne !
Redites à jamais ses hauts faits de jadis ;
Et, pour que son beau front toujours vers nous s'incline,
Portez-lui notre amour là-haut, en Paradis !...

FÉLIX DUPANLOUP

Moi, je dirai les ardeurs de son âme :
L'Idylle et l'Épopée, et ce bûcher,
Où l'humble enfant, montant sans trébucher,
Pour son pays expira dans la flamme !
Puis, je louerai le Seigneur qui l'élut,
Et, proclamant son nom à la Patrie,
Ma voix criera : Sois confiante et prie !
Regarde au ciel, ô France endolorie,
Jeanne est là-haut, et Jeanne est le salut !...

LE PEUPLE

Oui, cloche, redis-nous les ardeurs de son âme,
Tant de combats où nul ne la vit trébucher,
Et ses chaînes de fer et sa mort dans la flamme
    De l'immortel bûcher !...

JEANNE D'ARC

Et moi, vibrante en la tour qui frissonne,
Je veux chanter le Christ ami des Francs,
Le Christ qui, seul, les a faits forts et grands,
Et qui toujours les aime et leur pardonne !
Et je crierai dans le ciel, chaque jour,
A ce cher peuple oublieux des croyances :
Pas de folie et plus de défaillances ;
Garde ton cœur et tes saintes vaillances ;
Garde la foi, tu garderas l'amour !...

LE PEUPLE

O cloches d'Orléans, pour Dieu, la France et Jeanne,
    Sonnez, cloches, sonnez !
Que votre large voix jaillisse et monte, et plane
    Aux cieux rassérénés !
Dites-nous ce passé dont la gloire est si belle,
    Chantez le souvenir ;
Et, bien qu'à Dieu ce peuple en nos jours soit rebelle,
    Parlez-lui d'avenir !
Pleurez nos deuils publics, fléaux expiatoires,
    Pleurez l'honneur enfui ;
Mais, ô cloches, surtout célébrez nos victoires,
    Quand leur jour aura lui !

Qu'on vous entende alors dans la patrie entière,
Et que vos sons d'airain,
S'envolant dans les cieux par delà la frontière,
Aillent troubler le Rhin !...

Pour nous, nous mêlerons nos voix à vos voix pures,
Et dans ce sanctuaire, illustre et calme lieu,
Qui vit Jeanne et les siens debout dans leurs armures,
Nous reviendrons en foule et nous bénirons Dieu !

Gloire à jamais dans cette enceinte
Au Père, au Fils, au Saint-Esprit !
Gloire aux Francs que le Christ chérit !...
Gloire à Jeanne la sainte !... (1)

P. Barbier.

(1) L'auteur, en qualifiant Jeanne du nom de *sainte*, n'a pas l'intention de préjuger les décisions de l'Église. Il ne veut qu'évoquer le souvenir des incomparables vertus de la très chrétienne héroïne.

V

STATUE DE JEANNE D'ARC

DE J. LE VÉEL

Le statuaire Le Véel, l'auteur, entre autres œuvres de premier ordre, de ce Napoléon Ier qui, du port de Cherbourg, semble menacer l'Angleterre, vient d'offrir à Mgr l'Évêque d'Orléans, qui le destine à la Cathédrale, un présent qu'on pourrait dire royal.

C'est une stutue équestre en bronze, de Jeanne d'Arc.

La sainte héroïne est représentée aux deux tiers de la grandeur naturelle. Revêtue de sa cuirasse, fermement assise en selle, tenant de sa main gauche les rênes de son cheval et son épée, dont le croisillon s'approche de son cœur, d'un geste de la main droite elle appelle ses compagnons d'armes. La tête vigoureuse, vaillante, volontaire, d'une rare finesse de modelé, rappelle par le profil le masque célèbre du premier Consul ; quand on regarde de face, on ne saisit plus cette ressemblance.

Le Véel, préoccupé d'une idée générale, a évidemment voulu montrer la guerrière soulevant le pays et le groupant contre l'étranger. « A moi, France ! » Cependant s'il nous plaisait de rappeler un fait particulier de sa vie, où elle dût être à peu près telle qu'il nous la représente, il nous semble que nous pourrions penser à sa chevauchée du 4 mai, quand, après avoir crié à d'Aulon : « Ah ! sanglant garçon, vous ne me disiez pas que le sang de France fût répandu ! Allez quérir mon cheval » ; elle acheva, dit Wallon, de s'armer avec l'aide de la dame Jacques Boucher et de sa fille Charlotte ; puis, sautant sur le cheval que le page amenait, partit, courant droit par la porte de Bourgogne, si vite que les étincelles jaillissaient du pavé.

Le cheval, lancé avec un extraordinaire élan, est d'un travail fort serré.

Par un audacieux effort d'équilibre, le groupe n'a de point d'appui que les deux pieds de derrière le cheval. Sa queue ne sert pas de troisième soutien, comme il arrive d'ordinaire dans les œuvres de ce type.

C'est une très haute et très saisissante création qui fait le plus grand honneur à l'artiste normand.

(Annales Religieuses.)

Orléans. — Imp. Paul Pigelet